马知遥

著

迁徙

2004—2017年诗歌选

知识产权出版社
全国百佳图书出版单位
——北京——

图书在版编目（CIP）数据

迁徙：2004—2017年诗歌选 / 马知遥著 . — 北京：知识产权出版社，2020.3
ISBN 978-7-5130-6768-3

Ⅰ.①迁… Ⅱ.①马… Ⅲ.①诗集—中国—当代 Ⅳ.①I227

中国版本图书馆 CIP 数据核字 (2020) 第 018177 号

内容提要

本书收集了作者于 2004—2017 年创作的诗歌，分为五辑，表达了作者对生活的热爱和思考。

责任编辑：高 源　　　　　　　　　　　责任印制：孙婷婷

迁徙——2004—2017 年诗歌选

QIANXI——2004—2017 NIAN SHIGE XUAN

马知遥 著

出版发行：**知识产权出版社**有限责任公司	网　址：http://www.ipph.cn
电　话：010-82004826	http://www.laichushu.com
社　址：北京市海淀区气象路 50 号院	邮　编：100081
责编电话：010-82000860 转 8701	责编邮箱：laichushu@cnipr.com
发行电话：010-82000860 转 8101	发行传真：010-82000893
印　刷：北京中献拓方科技发展有限公司	经　销：各大网上书店、新华书店及相关专业书店
开　本：787mm × 1092mm　1/32	印　张：7.5
版　次：2020 年 3 月第 1 版	印　次：2020 年 3 月第 1 次印刷
字　数：180 千字	定　价：58.00 元

ISBN 978-7-5130-6768-3

前言

从一九八九年开始写第一首诗并发表
到今已整整三十个年头。我而今，我已记得
不圆以往工作三十年了。

所以我是个诗人。

这是我继我出版的第三本诗集。

如此要继续着。文字穿在生长，心上放。

马新远

2019. 秋于引年

目
录
CONTENTS

第一辑　诗歌就是内心的说唱

第二辑　诗歌就是治疗

第三辑　诗歌就是日常

第四辑　诗歌和都市生活

第五辑 诗歌里有世界

第一辑　诗歌就是内心的说唱

情 谊

才来几天

他就离不开你

进门就蹭你

贴着你

尾巴像风中的小旗

没事也要趴在你身边

即使是半夜

只要你起身

他也会摇摇晃晃

从窝里出来

跟着你

2017 年 4 月 2 日

那些年的姑娘

那些年的姑娘
只要看上你
便嫁了
长发变成短发
几个平方的单身宿舍里
你侬我侬

那些年的姑娘
等着你成功
坚信只要爱着就有希望

那些年的姑娘
不挑你的出身
不挑你的存款
说走就走

2017 年 3 月 27 日

阳　谋

每当诗人李伟要读诗时
图雅就用电水壶烧水

沸腾的水声淹没了
李伟的声音
让他读了也是白读

2017 年 3 月 19 日

背　心

父亲曾穿着一件背心

像一张渔网

他五年没买过衣服

那几年正是我兄妹

上大学的日子

母亲说

每月给我们寄完生活费

家里就没有钱了

四十岁时我才听说这事

心被扯了一下

一下午无话

2017 年 3 月 18 日

日　光

叫阳光
也叫太阳光

让你暖
让你看得见
夏天让你曝晒到晕

它却一本正经
好像什么事也没发生

2017 年 3 月 18 日

图 雅

女诗人图雅说
她现在啥事都不想
等两年就退休

专心写诗
儿子过儿子的
老公睡老公的
她写她的

2017 年 3 月 19 日

惶 恐

老友问我

进入中年是不是惶恐

我说没有

走了那么多路

吃了别人没吃的苦

现在可以坐在阳光下面

和它对视发呆

2017 年 3 月 14 日

妻 子

十多年前妻子让我辞职

在家写作

完成作家梦

十年前妻子让我考博

在校园写作

完成作家梦

五年前妻子让我工作

随心所欲

完成作家梦

现在我让妻子辞职

放下疲惫的身体

完成她的梦

2017 年 3 月 7 日

留　言

一个兄弟给我留言

哥　我们攒了十几年

房子涨价了

这辈子也买不上房子了

2017 年 3 月 7 日

家有老爸

过去回家
要坐四天五夜的车
后来坐飞机
七八个小时

为了不让我担心
退休后父亲放弃遥远的家园
和母亲住在
我随时可以回去的地方

父亲在家
他让我感到地球是稳的
世界是可靠的

2017 年 3 月 18 日

父亲的腿

只有这次回家
父亲头一次说

腿疼
走不了远路了

2017 年 3 月 18 日

比熊犬

女儿一直想要一只比熊
没答应她
有一天她发话
用自己的压岁钱
买一只
几近劝阻　她号啕大哭

后来达成协议
考入重点高中
给她一只比熊

孩子开始想念高中生活了
把得到它当成动力

也才不过一月
曾和我一起拒绝养狗的妻子
同时心软
决定提早让孩子
实现心愿

2017 年 3 月 16 日

很多年

一座房子很多年
住成记忆

一条道路很多年
交成朋友

一个城池很多年
认作故乡

2017 年 3 月 16 日

妈妈的电话

生日这天
妈妈的电话就到了
和往年一样

妈妈问我在干什么
然后提醒我　生日快乐

我立刻从忙碌中抽身
告诉她　很快乐
一早就收到哥哥妹妹的红包

我知道妈妈听了
一定高兴
孩子们互相惦记着
她最安心

2017 年 3 月 14 日

地铁上

抬头看去

满眼都是锅盖头

那种二十几年前

小县城里流行的发型

像一个锅盖

扣在头顶

猛一看像一排西瓜

2017 年 3 月 14 日

春 树

诗会上她坐我前面

才气飞动

我其实有点尴尬

作为评论家

我曾经发文批判过她的作品

当看到一个可爱的人时

你会怀疑你当时的

判断

是否正确

2017 年 3 月 14 日

植　树

今天我赶回家

将买来的植物种下

然后喝口茶

在躺椅上晒太阳

一觉醒来

动物在绿水青山间奔跑

植物都已发芽

2017 年 3 月 14 日

迎春花开

汉庭酒店大门两边的迎春花

开了

不管是北京还是天津

汉庭酒店的花都在开

不管是北京还是天津

迎春花都开着

一个春天已经复活

2017 年 3 月 14 日

妹 妹

每个人都有难过的时候

妹妹不开心

我也不开心

我不能把不开心告诉更多的人

我们每天都告诉父母

我们太开心了

2017 年 3 月 14 日

安 琪

自从开始学习口语
安琪开始怀疑自己
作为一个成名诗人
她甚至
不如一个刚出道的

我看到了她的犹豫
她的怀疑
她的失望
其实不必和别人一样

2017 年 3 月 14 日

庄　园

住进庄园

开始雇用仆人

里面住的不是侯爵公爵伯爵子爵

里面是一个

捡垃圾的人

2017 年 3 月 14 日

惊 醒

被邻座手机惊醒

猛睁眼

还在高铁上

一身冷汗

坐过了吗

如果这辆去往青岛的列车

把我带离天津

将耽误多少大事

2017 年 3 月 14 日

致兄弟

巨大的抑郁症纠缠你

不要怕

不过是关于上天或者入地的问题

不过是你在天上

或者地下的恐慌

那么多人精神紧张

你也一样

你的抑郁源于你过分仰望

以至于你忘记了

你在和谁聊天

2017 年 3 月 14 日

夜深沉

我要想起很远的地方
美丽的公主们跳舞歌唱

我要想起村庄的灯火
母亲的身影

我要想起很多的朋友
有的已经没了

想起单纯的友谊
也不再让你激动

所有的名利都将是灰尘
你只是其中一部分

2017 年 3 月 14 日

讲　述

姐姐过世三年
爱人经常在夜里哭泣

亲人们还是要经常去拜望岳母
谈笑风生

还要小心翼翼地说起姐姐
说她在山里休养信号不好
没办法回电话
三年来岳母都相信了

2017 年 3 月 14 日

寻　找

过年时
孩子们出去玩
我留下来陪岳母
看关于神的故事

整个午后都在听
整个午后很安详
我们没有说几句话

神说　你若信
就洁净了

2017 年 2 月 1 日

鸡　蛋

鸡年鸡成了明星

博士小孔发微信

一张照片上有一颗

很大的鸡蛋

他家的芦花鸡下的蛋

比鹅蛋还大

2017 年 2 月 1 日

回　家

好几年春节
我都带着女儿回家
妻子则留下
照顾岳母

女儿刚开始要问
妈妈咋不一起
后来就不问了

孩子知道
当她大了
她也需要照顾她的妈妈

2017 年 1 月 24 日

女　儿

女儿每一次

不论吃什么东西

总要给我和妻子留一份

已经习惯了

如果桌子上只有一份

那一定是有人

先吃了一份

或者我们舍不得

又留给了女儿

2017 年 1 月 24 日

白 发

秋霜一样的白发
比雪还白

那是另一种
青春的方式

2017 年 1 月 24 日

最　后

气吞山河的
摧枯拉朽的
气度非凡的
权力无边的

最后都将无法阻挡地老去
像年鸡
耷拉下脑袋
在阳光下打盹
间或眼皮上翻

2017 年 12 月 4 日

照 片

那些人已经离去
再也回不来

所有的幸福就是
相聚那么短
离开如此突然

2017 年 1 月 21 日

照猫画虎

你仔细看一只猫
长得的确像只老虎
它愤怒的时候
像要吃了你

你抱它入怀
它马上缩小
呆萌
开始柔软起来
好像等你放松警惕

2017 年 1 月 19 日

百 岁

我希望父母

能够成为百岁老人

这样我能看到

他们孩童一样

看清生命如何经历

如何返回

2017 年 1 月 19 日

玩命的喜鹊

一个邮递员
边送报边在头顶画圈
用一枝树枝

他去年不小心压死了
一只从树上掉下的喜鹊
以后每次来到小区
总有一只玩命的喜鹊
冲着他的头顶
猛啄

2016 年 11 月 7 日

大 霾

2016 年最后一天
大霾
橙色预警

一早就去新屋的老婆
傍晚还在回家的路上
伸手不见五指
她需要蜗行
把一小时车程走成
两小时或者更多

2016 年 12 月 31 日

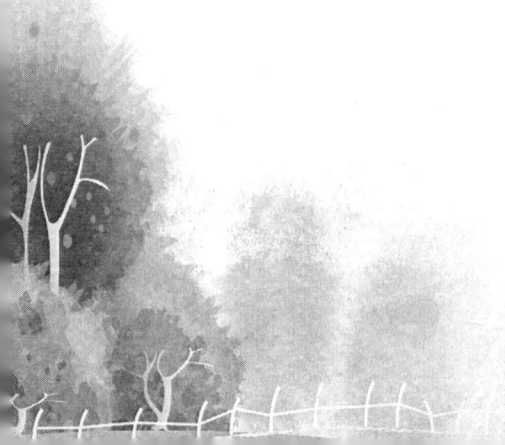

画

在新年来时
我会给你一幅画
画一片湖水
画一片丛林
银杏树和黄金柏

我给它们随意取一些小名
和它们四海为家

我本来在沙漠的边缘
后来住在海边
后来就到了这里

它们和我一起定居
生儿育女

我和你的蜗居
没有空间再放下一朵花
我们再画一个吧

2017 年 1 月 6 日

冬天的芦苇

兄弟　不要悲泣

头更不要轻易低下

北风猛烈地吹

你会化解

你学学流水

你学学大地的沉默

2017 年 1 月 6 日

写　作

一首一首写下去
总有一首
会成为经典

让你在有生之年
或者来世
读到

2017 年 1 月 6 日

房 子

从村里走到城市

他从临时工

搬运工

洗车工

干到餐厅经理

退休前

买下一间小屋

花光所有

积蓄

和一个寡妇做了夫妻

2017 年 1 月 8 日

村　里

我们是客人

住在山村深处

用山里的水

山里的菜

山里的米

做给我们吃

山里的夜很静

静到吓人

我听到的声音

来自屋顶

动物们正在

求偶

2017 年 1 月 8 日

老 人

在养老院
每到年三十
儿女们纷纷接走父母

没有接走的
是因为儿女都在国外
或者不知道去了哪里

王老太太一直难为情地对我说
我儿子也是大学教授
他家住得太高
我爬不动

2016 年 2 月 7 日

母 亲

一到过年的前几天

母亲就停不下来

一直在厨房忙碌

夜里　我暗下决心

明天不看书

不写一句诗

坚守厨房

让母亲休息

2016 年 2 月 7 日

高　度

一位高个子的美女

成为老大难

不是没有人追求

而是

她无法放弃

对高度的要求

2016 年 2 月 7 日

清 明

地上画一个圈

留一个口

老婆说 这样他们就可以来领钱

每到清明

我都陪着妻子

在街口给姐姐烧纸

今年烧得格外多

还有给岳父的

2016 年 4 月 9 日

第二辑　诗歌就是治疗

治疗之诗（之一）

1

如果此刻我内心空茫

看不到大海　听不到森林的风声

且让我祷告　一个温凉的夏日

忘却羞辱　悲怆

忘却那些莫须有

忘却面容　语言

在完全的沉默里

沉没

2

你会想起过去

患得患失

心生无端的愧疚

未来突然迷惑

脚步有点不稳

想起那些

永无休止的日子

亲爱的　不要恐慌

我们都在面对

冷酷　私欲　假面表演

我们庆幸成为观众

并深入其中

3

步步惊心的老宅子

阴冷的长明灯

潮湿的墓地气息

要庆幸你是最早发现的人

你保证自己站在白昼

最强的光下

4

伸手就有嫌疑

说就是错

在无数的犹豫中

时间和我们捉迷藏

那所谓的王者

暗处窃笑

如此的人生

你甚至在心里无数次唾弃

你是自己的仇敌

5

肮脏不堪的华丽屋子

金碧辉煌的舌头

坐着的是谁

6

池塘如同闪光的手帕

仙女来过

一切都这么证实了

我们无论怎样

仍将位列仙班

7

你终要白发苍苍

你终要白袍加身

终要用你的彬彬有礼

你的力量

让窗口点满荣耀的蜡烛

噩梦退去

8

挥动权杖的人不会糊涂下去

在仰面朝上的地方

星群和你闪亮

那些奔跑的马匹一同来到

和你同行或者

拥抱

9

哀号的人离散的人无家可归的人

都成为朋友

他们在巨大的广场上跳舞

因此你不该沮丧

不该在远离人群的地方感伤

2014 年 8 月 16 日

治疗之诗（之二）

1

那些病的树　那些病的城市

治疗

你说着话从城中穿过

你看高楼　你看灯火

你看着影子在柔软地闪烁

那些病入膏肓的人

无可救药地沉醉

他们习惯幻象

习惯在自己的王国里自立为土

骄傲的小个子

骄傲的伪装

此刻我只因为看清一台戏剧

暗自窃笑

2

一次次地背井离乡
一次次误以为回到故乡
一次次地被美好欺瞒
自己做了自己的俘虏

3

没有人会怜悯你
当你失败
没有人可以依靠
当你沮丧
没有人会支援
当你一步步陷入迷茫
你忘记了点亮
忘记了所有来去的灯火
刚刚熄灭
刚刚因为你的疏忽
熄灭

4

你需要一个说话的
自在的　有时间为伴的日子

远去的不能只是遗憾和恐怖的未来

你倾听

你看到了远方

绿色的流水潮涌般呼唤

5

去远方

去远方

去　然后就能远方吗

2014 年 8 月 21 日

治疗（之三）

反复吟咏一个字
反复吐出一个词

反复将眼睛朝向天空
那么好的天气
我们没有理由叹息

人世如此的险恶
我怎么能轻易放弃诗歌
那么多道路可走
我们只冲着光亮的草场

冲着马群　冲着寂静
冲着暖意的人间

我要说出那个字
并叫出那个词的名字

我爱　我忍耐

2014 年 9 月 2 日

治疗（之四）

那些关闭的门此刻沉睡
放心吧　总有一扇门要打开
在你路过或者回头时

你爱上道路　爱上疲惫
爱上这曲折的一生

可能你犯了致命的错误
翻过去　你看到了你的坚持和爱

你可以在黎明时睁开眼
那些俗人的幸福

2014 年 9 月 2 日

治疗（之五）

粗暴的蔑视　自以为是

你都习惯

40 个岁月已经让人不再惊慌

你领受着　倔强着

大不了一走了之

这个世界　我们还有很多河山需要亲近

还有那么多城市没有看过

你还要走很长的路

所以　放弃吧　离开吧

此地不是久留之乡

2014 年 9 月 2 日

治疗（之六）

把恭顺看作了阉割
把尊敬看作了木讷

这糊涂的天地时而风暴
时而雷雨
时而风平浪静

这样的日子反复纠缠
忘记屈辱　忘记污蔑
记住那些美好的往事

那些尘土已经太厚
你无法擦拭

那厚厚的天空的浓雾啊

2014 年 9 月 2 日

盆 地

如果我沿西远行
那不是离开
而是回家

老婆你看好我们的孩子
和咱爹妈

我要过兰州
经过河西走廊
经过柳园

到了库尔勒站我要下车
转向南疆的方向
过去我要再坐两天的长途
现在听说火车通到了阿克苏

沿途我已经没有认识的人
他们都老了
或者过早死去
他们是不是和我一样怕死

路还很漫长
中间是戈壁
绵长得和文章一样

黄草和盐碱地
枯寂和万里黄沙

我要重新进入
就好像 10 年前我从那里出发

记住我去的地方
那个巨大的盆地
开花结果的河流
我的家阿克苏

我会找到旧日的家门
和住在那里的陌生人聊天
然后神秘地告诉他
在墙根处原来生长着
一株茂密的葡萄树

而我躲在那树下
听妈妈焦急的呼喊从身边穿过

2004 年 8 月 10 日

手

再后来

我左手抱紧右手

说　我爱你

我越这么说

手就抱得越紧

再后来

双手像扳手一样

坚定地搂着

像两个失望的人

极度地哭泣

2004 年 9 月 10 日

人　群

人是群居的　是热闹的
因而是孤独的
你看着满世界热闹的人群
就看到了满世界的孤独
那还盛开的重阳菊
因为过于孤独已经死了
尽管主人还在

2007 年 10 月 20 日

要来的就来吧

比如大雨　要来就来吧
我有两个身体
一个留给雨水
一个给干旱

我要吼叫却让自己沉默
黑暗一样
我要沉默的此刻却
如同雷声

那洪水一样倾斜的雨水
她们锐利地磨平我
让我在无边的潮湿里

冷漠浸透了骨头
让它们白亮地沉陷在灾难
我看不到的视野里

2005 年 9 月 16 日

风吹过

风吹过　就能吹走我
就能把我变形
一个宽的我窄的我
长的我短的我

我没有裙子
否则会吹动我的下摆
像旗帜或者松动的乳房一样

风吹过　我可能不动
可五官挪位
可能是我的胳膊
我的脚　可能只是一个虚幻
但我的脚没动
根在泥里

风吹过　一些乱叶跑到前头了
金色的看上去很好

我也很好

脱落的卷发

渐渐长成变粗的胡须

手上的茧几天后就要落去

2005 年 9 月 16 日

其实就是那样的

我们都要经过
只是大家不说

其实我们就是那样的
爱着念着妄想着绝望着

2005 年 9 月 16 日

永不熄灭

我们都无法停止奔跑

我们是奔跑的脚　有时候是尘土飞扬

有时候是气喘吁吁

那些道路不是朝这开就是朝那开

我们一直以为都是朝我们开的

因此　我拒绝停止

因此　风暴总朝向我

有时候它吹走我的帽子

我的行李

有时候带着我向前

2005 年 9 月 19 日

我们从来不是一个

放心啊　你上路
会有很多的人陪着你
即使在风暴的夜里
咆哮和呻吟　漫步或呼喊

你会长久地孤单
那不代表你是错误的
很多人不会理解你的开放
认错了季节和花期

你有你的浓郁和寡淡的清甜
而她们没有

她们看到你
你不是孤单的一个

2005 年 9 月 19 日

我　爱

我爱你的臃肿
十月怀胎的傲慢
阳光下　你轻盈的做母亲的脚步
你是我的天使

我甚至从此爱上那些变丑的女孩
她们和你一样　要把孩子带到世上
上帝让她们提前经历坎坷的风霜

让你刹那凋零又开始潜滋暗长

我爱上那出现的斑点
那有些变粗的腰身
那里隐藏着的和显露的

因此我爱上唯一的姐妹
就像此刻我爱上一棵杨树
怀抱着依靠着

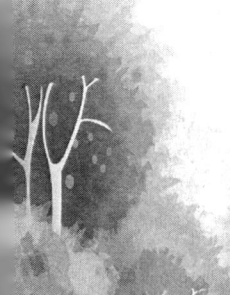

怎样都不够

索性就让她盖间房子

你在她里头　她在你里头

2005 年 9 月 19 日

脚下的云

我笑那脚下的云朵

他们迎着天空　闪闪烁烁

谄媚　多情

经常性地流泪

我笑那些阴郁的云朵

他们忽略了色彩

忘记了身份　随风摇荡

认他乡做了故乡

我笑我自己　至今和他们一样

无根地漂浮在尘土之上

甚至忘记了更深更远的地方

2009 年 6 月 30 日

枝头的果实

请原谅我吧

请原谅我秋天过后

仍将怯懦

挂了那么久

那些暗淡的枝头

枯枝败叶下的果实

它们已经失去光泽　　腐烂

这些沮丧和厌世

这些叹息一样的果实

请原谅

2009 年 6 月 30 日

白　杨

当他以直立的方式向上流淌
沙漠中的内陆河就找到了希望

这站起来的河流　一千年不死
让河流夜夜翻腾的浪花
找到了方向

他们高过了云彩
高过了飞鸟
他们越追求那光的所在
根就无限地接近大地的黑暗
那极度的黑暗和肮脏

他被两种力量吸引
一种引向高处
一种垂向最低
几乎原地不动
他纠缠在撕扯和绝望

他是被拉扯大的树木

我承认我看到了午后的那棵树
我们互相振动了一秒
大地随后恢复了平静

2009 年 6 月 30 日

回　去

我愿意回去十年
那时候我 28 岁
重新走在徘徊的柏油路上
经常性地掉入坑里
泥水淌淌

我愿意回去二十年
那时候正好 18 岁
大学一年级小男生
青涩的憧憬和恐惧
爱情如同女生的盈盈蛮腰
握不住
心里却那么多舍不下

我愿意回去三十年
那时候是饥饿的 8 岁
白面馒头和补丁压补丁的小学
多么盼望一件新衣换去

那已经不能再继续的过去

那么多年　我并不平坦
身体因此显得崎岖
我甚至不知道 48 岁在哪里
58 68 78 这些熟悉的数字
要怎样帮助我完成
一次输入后的揭秘

界面在打开
我仍旧在闪烁　与灯光和鼠标一起
隐秘在深夜里

2009 年 7 月 4 日

迟　到

我知道在名利之途上
我一定会迟到
而且一定会在遇到你的时候
垂老

我拒绝了速度和风
也就拒绝了你的翅膀

我至今还在用双脚
攀越人世的荒凉

2009 年 7 月 24 日

情人节

放弃和他们聊天

和他们喝酒

别再恭维无关的人

我有两个情人

日日陪着我

她们只想让我今天早点下班

早点停下来

和她们笑一会儿

玩一会儿

甚至只是簇拥一会儿

她们就是我的军军和笑笑

2009 年 2 月 11 日

父 亲

他已经满头白发
过去的时间
他一直扛煤气罐上下楼
不喘

今年下楼的次数少了
而且话也少了

他只好抱着孙女站在阳台上
那样的一老一少
那样的白和黑

2009 年 2 月 11 日

动物园

春天连人都受不了
动物们也一样

我路过动物园
一只猴子冲着我叫
它立在孤单的猴山上

一场雨刚过
天还有些寒
恋人躲在怀里取暖

一只猴子躲在春光里
无限孤单的春光
猴子一样

2009 年 2 月 11 日

张爱玲

至少关上门就属于自己

她死时据说很安详
甚至没有雇过佣人

一个老太婆要自己走向死亡
自己看着自己凋落
像一片叶子看着另一片下落
像一轮月看着另一轮月

更像影子看着影子
年老的看着年轻的
年轻的看着年老的

2009 年 2 月 11 日

距 离

你和他们比邻而居
你们并不说话

你们是不说话的仇敌或者情人

雷电里互相张望

互相欣赏 并不表白

而热闹的时刻热闹和我有什么关系

那是他们的热闹
而且充满了虚假的胜利

如果再过 1 万年
我们仍旧视同路人

2009 年 2 月 11 日

乌　鸦

谁也不愿主动看到你
原来在旷野
现在你在城市

落在高耸的烟囱上
误以为是树

落在碧色的屋顶

这儿的人没有猎枪

这儿的人从来不抬头看

这儿的人们出出进进
不知道一只乌鸦落在顶上
好像一只苍蝇正落在肩上

乌鸦有些不习惯了
没人理睬就意味着没人惧怕

乌鸦扇扇翅膀
像一个离家出走的人

2009 年 2 月 11 日

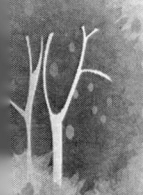

皱 褶

老城市是一个残阳
或者收藏者手里的铜钱

都是静默的

只有那些不知时世的蝉
叫着奔向衰老

这就是你要出现的皱褶
我的姑娘

我看着你
黑暗时如此的美
你知道为什么你和我都
开始怕光

2009 年 2 月 11 日

苦涩的童年

是在报纸上
我看到图片报道

"8 月 29 日
在印度东北部的西里古里
小女孩普里扬卡
正在用铁锤砸碎石块"

这项工作可以让她
每周挣到 3 美元

她瘦小的样子
不足 5 岁
手还不能将锤头
握紧

2009 年 2 月 11 日

那些人

他们至今热爱诗歌
并作为粮食喂养自己
他们已经多年无收
两手空空　家徒四壁

他们舍弃了爱人
挣扎在无欲之水
甚至远走他乡

没有多少人理解他们
过去只有羞辱
现在还有悲伤

没有人知道他们的心站在高原
那里燃烧着火焰
只为梦想开花

你只看到了他们的卑琐
看到他们饥饿和倔强
现在你看到他们从这头走到那头
毫无希望

2009 年 2 月 11 日

第三辑　诗歌就是日常

秘　密

我的秘密此刻都已经公开
到远方去

公开的秘密只能让你
更充满了跑的欲望
让更多人斜视你

2009 年 9 月 22 日

斜 视

我从不同的角度都看到了
那些目光

我只是没有说穿

其实我一直在斜视
他们

2009 年 9 月 22 日

希　望

因为时间太久
一粒沙变成了石头
一颗松脂成了琥珀

用苦水和折磨和羞辱
他熬来了今天

2009 年 9 月 22 日

明月夜

下车就回家
门前的老妈妈
黑夜中
只有白发

2009 年 9 月 22 日

她　们

受损后的憔悴　人群中的孤独
让她们长成这样

那些曾经鲜花水草的气息
消失干净
剩下的只有
冰冷的谦卑
沧桑的高贵

2009 年 10 月 10 日

盼望＋等待

我写下这两个名字
就写下了近 40 年的人生

我迟到，落伍
多次错过
事实上我从未获得
从一开始就陷入绝望

2009 年 10 月 11 日

致明月

普天之下这独一的明月

明亮一次　就足以完成一次受孕

她出现并迅速消失

只为了你像她一样

孤立　自由　行动在人间

2009 年 10 月 12 日

永　恒

这永远的十七岁
不想回家的黄昏
吹口哨的马路

单车如同盲人
闯入了她家的门

2009 年 10 月 13 日

断肠诗

痛彻地爱这世界

得到的也会痛彻

哀伤的断肠

也可以在断肠后修复

我们的约定已经上路

哪怕　相逢时已经是暮色的深秋

2009 年 10 月 10 日

大　街

一个天才走在大街上
普通得像一个拾垃圾的人
她承受不了尘土
想做一个城市的祖母

她一天在大街上要逛多回
来来回回
几乎忘记承诺

"她必须在天黑之前
背满一口袋的诗篇去见上帝"
她乐而忘蜀
戴着天才的帽子幸福地生活

2009 年 10 月 10 日

等　待

一沙一世界
一步一莲花

心安处　处处为家
寂寞寂　寂生寂灭

我只看到狗走人吠
满了人间

2009 年 10 月 23 日

这飘忽的雪是阴性的

这飘忽的雪是阴性的
她是北方的美　泼辣恣肆
无拘无束

以集体跳崖的方式
她们以思念的速度
投入大地爱人的怀抱

她们的拥抱
让整个地球突然加重
那厚厚的积雪下面
隐隐传来的是爱的声音

2009 年 11 月 12 日

出济南记

在音乐盒里
我删除原本喜欢的音乐
现在如此嘈杂

我拿出失散 20 年的
《出埃及记》
现在还那么好听

20 年前我听着他读诗写诗
现在还这样

这巨大的音符和远行的义人
从不分离
是的　如果我从济南出发
抛开荣辱为了理想勇敢进发
我必将如此
生命的诡计让我如此这般

呵　那些远涉大漠的骆驼队

此刻踏着冰冷的大步

他们看到我的奔跑

疾驰的速度　一起回过头来

2009 年 11 月 18 日

等待出发

一切都准备好
风婆拿出了口袋
雷公操着鼓槌

我们会顺着河流和风的方向
出发

是的，那么多岁月给我们做了嫁妆
命运终于会告诉每个人
你应该得到的
和木应获得的

2009 年 11 月 18 日

独　自

你将独自上路

不喧哗　不热闹

独自为高处的事件记录

像很多年前那样

独自从西部出走

所有的街道和城市都那么不可依靠

你学会独自

靠着自己

很多年后那穿越的列车

呼啸的声音里

带着我独自的节奏

因此　它会在某个时刻微微颤动

2009 年 11 月 22 日

月　亮

这臃肿的孕妇

骄傲地行走在高处

嘲笑那些曾经羞辱过她的男人

细小的逃遁

2009 年 11 月 22 日

呼　喊

肚皮里长着无数张嘴
大声喊喊不出来

它们空有嘴的形状
埋没在肉里

2009 年 11 月 22 日

酒　席

血浓于酒精的亲情
一声声
一声声

一场亲密的鏖战
那比血浓的酒精
和甜言蜜语一起喝下

我们称兄道弟
彼此如此陌生

2009 年 12 月 4 日

迷　惑

迷惑缘于我们过多的欲望
痛苦让迷惑比肩而立

我之所以夜夜不眠
在伤神的灯火里
发冷
不是外面的风变大了
而是冬天那么快已经离开

2009 年 12 月 4 日

深夜向更深处走

那样痛苦的灵魂

深夜　钢铁一样冷峻的城市

我行走在隧道的心脏

听到头顶星星砸落

升腾的灰土

弥漫了整个天空

我是在赶路还是后退

在看不到尽头的悬崖之上

我忘记了我是谁

2009 年 12 月 4 日

陌　生

如此痛苦　纠缠的白发和黑发
那些白如婴儿的胚胎
那些灿若狮子的额头

都是陌生的　和我无关
那些所谓的掌声响起
只给了猛烈持续的疯狂

2009 年 12 月 4 日

济南　我的家

我要写下来
并大声念给我听
顺着再远的寂寞回来
都只因为　看到你

破败的容颜中
亮起的不仅仅是夜晚

2009 年 12 月 4 日

释　放

学会宽容

先宽容自己

减少牺牲精神

保存实力

为了让这样的夜晚更持久

2009 年 12 月 4 日

沉　落

躲开人群

或者挤进人群

为了把名字高高地挂起

为了广告牌般的冷静

声名远播

至今你不明白苦酒和咖啡

守着一个坚瘦的自己

2009 年 12 月 4 日

陶醉者

阔步　欣然　沉甸甸的银子

这高傲的人
错把月亮当成了天使

那污浊的月亮　臃肿妇女的腿
呆滞少年的眼白
很多年前他们就不知道
明天

2009 年 12 月 4 日

黄　昏

月亮下去明天变成太阳
黄昏下去变成晚上

演员登台的表演
单车高唱的男人
急速的车流

黄昏的济南漠然
红尘也突然恍惚

那一对挺拔的年轻人
怎么也没想到　明天就要永别

2009 年 12 月 4 日

遗　忘

让黑暗遗忘我
丢弃我　让尘土拣回

让大地遗忘我
放弃我　让声音拣回

让苦难遗忘我
拒绝我　让飓风拣回

那些长久的沉默　遗弃和冷漠
那些嘈杂　那些刻薄的时光

那些太凌乱的午后
人群里的伟大和光照

那些臃肿的月亮和太阳
我都将彻底遗弃
并被你一一拣回

2010 年 2 月 1 日

悲　伤

就是一个人突然成了照片
你怎么都找不到他
只能仓皇地翻看

你还能感到他的呼吸
声音　无所不在的身影
你就是抓不到他

突然离去
和突然来临一样
我们在悲哀中目送

2010 年 2 月 16 日

从现在起

从现在起　暂时告别名利
告别申请课题
告别申请奖项
告别申请职称
做一个自由的人

看书　写作　恢复梦想

看好诗　做好人
和亲人
幸福地在一起

从现在起　安静　单纯
看世界　学会对着世界发呆
从现在起　不难为自己
也不难为他人

2010 年 3 月 7 日

只过"七夕"

当我知道有那哭倒长城的眼泪
我就爱了
当我知道有那水漫金山的河流
我就爱了
当我知道有一年一次永不推迟的鹊桥
我就爱了
当我知道有可以和蝴蝶一样的浪漫
我就爱了

我爱上这辈子的风情
爱上炫目的虚幻
爱上温热可触的想象
爱上质朴的夜晚
我就爱了

老婆　就让我们开始爱上"七夕"
在古老的神话里
生动地把生活弄得色香俱全
草屋弄成宫殿
简单的日子也胜过神仙

2010 年 8 月 16 日

结婚十年

平凡的夫妻

我们已经过了十年

炽热的天气就要过去

我们的情感

仍旧深似眼前的大海

我习惯了看你们嬉戏

看你们在海边奔跑

习惯了做一个摄影师或者搬运工

在你们的身后

以不远不近的距离

我习惯了女儿突然抬头喊一声：爸爸呢

我习惯老婆回头看我时的笑靥

多年　我已经习惯她们的聒噪

鸟儿一般忽东忽西

这样的生活我从未厌倦

奇怪的是　我那么快就谈到了喜欢

就是在深夜　昏暗的光线里

拖着疲惫的身体睡去

只要一想起　嘴角都是笑意

请允许我把十年这样说起

我说起的将是我的一次次失误

一次次沮丧

一次次掉落在地上的梦想

比起那比天高的大梦

我时时将自己弄得浑身是伤

过去是母亲　现在是妻子还有成长的女儿

她们会立刻看到我的隐秘

和我一起分担惆怅

是的　十年和一个诗人生活是需要勇气的

是的　十年让一个诗人正常地面对生活是需要勇气的

是的，十年

我的爱让我仍旧单纯　仍旧怀梦

仍旧行走人间

2010年8月18日在烟台长岛海边

列　车

奔驰的列车
把成片的树林
一下子伐倒
抛在脑后

而那些人群
不过只是惯性向前的集装箱
不是倒在这里就是
那里

2010 年 8 月 15 日去烟台途中

一　生

从葱茏的秋色中缓缓驶过

我尽量收紧翅膀

只为了让摩擦减到最小

如果你没有看到那满枝的果实

你也可以看到

那伤痕累累的金秋

2010 年 8 月 15 日

纪念馆

木质的楼梯

原样的陈设

主人用过的烟斗静静燃烧

那缕斜阳照在沙发　书桌上

听到的笑谈声

还在回荡

坐在旧桌后

我试探性地坐稳身子

2010 年 8 月 15 日

旧 事

比如你曾经喜欢她
比如你们的争吵
比如初吻给了谁

这些事情过去 10 年就应陈旧
和黄昏一样模糊
即使再晶莹的露水也显得浑浊

比起你的现在
她们已经无足轻重
那些给予你的
让你渐渐长大的男人女人们

成为旧事的一部分
我成为她们旧事的一部分
甚至已经彻底放弃

2010 年 8 月 23 日

处　暑

炎热终于过去

冷雨一场连一场

那可以预料的秋天　总用冷静的方式

宣告着一次丰收

早就过了需要大声庆贺的年龄

看阳台上盛开的野花

看陪我很久的巴西木又发出新叶

看看 15 楼下的车流渐渐拥挤

停留然后疏散

2010 年 8 月 23 日

珍 惜

一个声音一次次在某时某处响起

那声音要求我远离　拒绝

那声音温柔坚定　无可抗拒

2010 年 8 月 23 日

孤　独

为什么要孤独

我们本可以安静　从容

为什么要因此骚动　不安　徘徊

无聊的五大道　幽灵的夜

罪和堕落　如何放纵

2010 年 8 月 23 日

救　赎

一次次地错过

或者懒惰　疏远了圣灵

救赎将变得模糊

2010 年 10 月 6 日

寂寞的繁华

10 月 6 日晚朋友小锴开车带我游五大道，看那些各色风格的
老房子，看幽静的路面上昏黄的灯，斑驳的建筑，恍如梦里……

——题记

恍惚的路途　灯影黄昏
那些买醉的人弄歪了影子
秋风沉睡　城市刚刚入梦
低矮的灯火潜行

这个繁华过后的日子
这个繁华已过的城市
我迟到了很多年
赶上你最后的谢幕

2010 年 10 月 11 日

海　河

从济南到这里　如果我是鱼
我就可以从大明湖一直游到这里
我不是鱼　我就只好走到这里

水叉相连　一定在地底的某处
她们能够相遇

凭着河流对河流的呼吸
凭着清澈和清澈的影子
凭着离别的水对水的思念

我没有一艘慢船行到这里
从水到水　我有的只有疲倦的双脚
因为只有让它疲倦
我才能真正地活到明天

2010 年 10 月 11 日

抱歉，抱歉

暧昧的灯光　美色的夜晚

独身女人的房间

燥热的池塘　水里有跳崖的声音

抱歉抱歉　我误会了你

我只是一个陌生的路人

一个旅行者　寂静的男人

一个表面写满情谊的观察家

抱歉抱歉　我让你想到从前

满世界的夜晚都将如此

那些过早的拒绝和冰冷

抱歉抱歉　我刚刚学会

刚刚学会

2010 年 10 月 11 日

夜读朱湘

同为诗人　一个独自漂流的人
一个永远活在人群中的孤独者
他有着无法治疗的疾病
永远不原谅　不妥协

他眼中拒绝虚伪
拒绝世俗的成见和败坏
他和整个荣耀富贵作对
对于贫穷他心甘情愿

他后来选择一个人走
那意思是走了就不再回来

他借了亲人的钱　买了体面的长衫
买了三等舱的船票
在白浪滔天的夜色里匆匆南下

他顺着水流毫不迟疑
是为了长久的离别或者是
为了许久的期盼

2010 年 10 月 11 日

夜读陈寅恪

是什么能让他瞎了眼
又断了腿
是什么让他一次次漂洋过海
断了情欲远了柔肠

我不是羡慕他的学问　他的几国外语
我感兴趣的是
作为正常的男人　他是怎样抵抗住了夜夜袭来的厌倦和慈悲
抵抗住了一次次从门前走过的风声
和隔壁房间因为夜深而更加厚重的墙影

2010 年 10 月 11 日

小 城

小城的灰尘里
让你知道传说中的风尘仆仆
懂得蓬头垢面
理解了农人

理解了沧桑的脸
烟熏火燎的岁月
那些不容易不简单不屈服

那些简单的生活
那些粗糙的埋想

2010 年 11 月 11 日沂水市老虎调查途中

思念是一种药水

在海河边上
在巨大的校园里
在初冬飘落的荒野

骑车或者匆匆路过
我都在想念

命运总是这样
在意想不到的时刻
搬运你　一会儿这里
一会儿那里

思念成为一种药水
平息了孤独和寒夜里偷偷进入的风

2010 年 11 月 12 日

调　侃

丈夫们调侃着各自的妻子
丈夫们亲爱着孩子

丈夫们喝得面红耳赤
丈夫们开始说
老婆们的腰身
体重　皮肤
那些美好已经成为往事

老婆们带着孩子
老婆们不能吃
对日益增长的体重
她们唯一能做的就是
缩食

誓言　曾经在风中发过的
誓言　曾经在耳边低语的

在仓皇的一场婚姻后
丢失

2004 年 8 月 1 日

生　活

困顿　堕落

几乎是同时降临

掠夺　疲倦

轻易地夺取爱或者不爱

而挽留是空洞的手势

我们只能继续

2004 年 7 月 27 日

唯 一

我想我们唯一能做的就是沉没
从这喧嚣里宁静下去

我可以看到你
你可以尽情地看着
说　或者不说

你飞或者不飞
加冕或者素面朝天

我们是一根藤上的

绿着前世的情话
结再生的花

2004 年 7 月 27 日正午在线

平凡的事件

平凡的事件就足以让世界崩溃
气候　七月的雨水　道路

人们开始疑神疑鬼
开始看身边的人
一看就走神

那不是爱情　是忧愁
是老年人的那种
是依靠的让人心疼的那种

2004 年 7 月 27 日

春天过去了

我们要这样相依为命
春天那么容易过去
还有什么不可以
突然消失

那样的日子
你不能看到流水

你看到水就想到绝望
高处的寒冷和悲伤

和波浪一样来到
和一种病纠缠不清

2004 年 7 月 29 日

那些贫困的

那些贫困的只有爱的人
那些丢下江山的人
那些消隐于江湖的人

我想此刻正抱明月夜
荡舟水上
那北方的烈日不过是
爱情的加强

2004 年 7 月 29 日

老 了

是的，我们都开始老了
你从腰部开始
而我也有了肚子

我的拳头没有过去那样刚强
我甚至不能像过去那样
背你过河或者爬树摘果

现在我只能拥住你

扶你从暴雨中穿过
从水洼上轻轻跳过

或者站在马路的这一边
看那一边的你
静静走过

2004 年 7 月 29 日

灯　前

围坐在灯前
你不看我我不看你
你看我我看你

我们都时不时看看灯

那灯像巨大的月亮
今夜她照着我
小军　笑笑
好像就照亮了整个人间

2004 年 7 月 29 日

下 雨

那些雷电和大雨
横扫千军的气势

那些黑暗里的
都将被迫回家

或者被围困在屋檐下

一个没有家的人
和几只被吓懵的麻雀
呆头呆脑

无枝可依

2004 年 7 月 30 日

后　来

最终我们都会

头发稀少

骨骼松动

然后想到回家

2004 年 7 月 30 日

第四辑　诗歌和都市生活

退　休

老王
卖过包子　做过装运
后来哪儿也不去
在胡同口修车

他总是笑眯眯的

人挺多　他还同时修鞋

许多工友都不见面

好多直接去南方

老王不能走　上学的儿子
瘫痪的老娘
老王依靠自行车的故障
维持生计

2004 年 8 月 3 日

飞行时代

那些小小的飞行器
一只蝴蝶
两只蜜蜂
一群鸽子

那些窗外的
空中飞舞的
搅动起街道
树木和麻木的男人女人

多数时候我看着屋里
静止的书桌　图片
和死去很久的一个人

我们对视很久
互相有一百个不服

都只能望着外面
感叹羽毛带着翅膀的时代
来临

2004 年 8 月 6 日

秘　密

每个人心都是一个秘密
巨大的秘密

就如同你想起一个披肩发的女孩
你喜欢她并爱过她

你不能因为你们分手很久就说不
那将成为秘密的一部分

你现在有家　有你爱的妻子
你不能说你爱过一个披肩发

就如同她不能告诉你
她爱过一个小平头

2004 年 8 月 4 日

孩 子

一岁的女儿回来
手里捏一只红蜻蜓
晚霞中的那种

她小声对我说
"看看她睡觉了"

可怜的蜻蜓在她的手里
禁不住她小手的一捏

2004 年 8 月 6 日

婚 礼

发帖 请客
吹吹打打

我们都这样
大家都这样

已经这样的
如果有机会还要再来一次

所有去过的人还要再去一次
那意味着再喝一次
再贺一场

过去说过的吉利话再说一遍

朋友因为二婚
大家还是高兴地说着百年好合
那话几年前刚刚对他说过
难得的是双方都不曾记得

2004 年 8 月 21 日

游 荡

此刻有多少无家的人
有多少有家的人

那些窗口都已经熄灭
明灭的是烟头
抽动在别人手中

游荡在风里的人
他们不管有家还是无家

头左右摇晃
夜色也摇晃
这世界本来就不稳

2004 年 8 月 19 日

在广场上

大城市有广场
可以再大点

小城市也有广场
可以小点

广场是大家的

你占这头她占那头
大家一起说话

有了广场流汗也有地方了
打瞌睡也有地方了

无家可归的找到了豪华的天堂

2004 年 8 月 18 日

刀郎的歌

满大街都是他的歌

那沙哑的嗓子
在家家的窗口回荡

3 岁的孩子在唱
补鞋的在唱

公共汽车上的小伙子
满脸是忧伤

好像掘地三尺
全世界天上地下都要
喝醉酒说出不敢说的话

2004 年 8 月 18 日

长　袖

如果我能挥动这长袖

能挥多远就挥多远

让我能够逼近绝望的尽头

如银蛇翻飞啊

如同错落的花朵

左一瓣右一瓣

让那最后的激情和疯癫

一起来到

好像最后的狂欢

或者最后的谢幕

2004 年 8 月 10 日

唱　歌

你必将歌唱
现在你只有沉默
屈辱和沮丧缠绕你
目光黯淡

你必将站在高处
寒风来临

而你终将忘却好的坏的
即使花环簇拥

你仍旧在澄静的湖边
低低吟唱

而那歌声在很远都能听见

2004 年 8 月 10 日

梦里问答

这么多年你还在赶路
你还是那个样子吗

…………

你成家了有孩子了吗
孩子好吗

…………

工作好吧
待遇怎么样

…………

来西安玩吧
大家都挺想你的

…………

2004 年 8 月 10 日

往　事

我们将错过一些往事
它们必然发生而且已经发生

我们还远未苍老
却已经怀旧

一些事让你突然心跳
突然黯然
突然笑出声来

一些事永远地遗弃
和街边的荒草一样荡漾

因此如同梦境
大汗淋漓地想起

似曾相识又如此陌生

2004 年 8 月 9 日

小 歌

那么多的人都要老去
婚礼照样举行
那么多的人都要离开
新来的还有那么多人

夜夜都要浪漫
悲苦的人看不见
他们躲在深处
高崖的下面

快乐总是写在脸上
那沉默的在很远很远
离地不足一米
和心脏保持一毫米的距离

2004 年 8 月 21 日

高速旋转

还有什么能够阻挡速度
和我此刻的旋转

春天绝望地远去
谁又能阻挡我们怀念

理由简单到了极限
因为喜欢

我喜欢这样的高度
这样的速度
这样在清秋的旷野
转转转

2004 年 8 月 21 日

归 路

何处是你的归路
果实已经成熟
枝桠衰朽
如同低陷的双乳

何处是你的归路
黄叶铺路　左是黄右也黄
脚步下沉
就像一次朝圣

何处是归路
你面对大海
浪花要对你呼喊
那些沙滩都要退到很远

何处是归路
我扶着夜晚的门户
想我要怎样趔趄一千次到达
然后点个到就走

2004 年 8 月 18 日

还有悲伤

还有悲伤
那只是属于我的
与世界无关

我喜欢那样

用粗鲁的声音去找旷野

不要以为那样就会怎样
我仅仅是喜欢悲伤

更多的时候
你采摘到了我悲伤后面的颜色
欢跃和无休无止的演奏

2004 年 8 月 18 日

你

我看见你一个台阶一个台阶地上来
看见你呢喃的话语

我因此知道
一生一世的分量

我偶尔被窗外吸引
您应该知道
那只是因为
你是如此特别

2004 年 8 月 18 日

她

她把一辈子交付你
现在刚刚才 30 年

而你要将剩下的 70 年
精心准备

从她来一直到去

所有人都要离开你
唯有我留下
所有人都必离开
唯有我留下

2004 年 8 月 18 日

再让我说一遍

这样的抒情已经过时
而这样的词句一样枯朽
黄叶飘落暗示着季节

我还想再说一千遍
因为只有这样
我才能说服自己
我真的爱过你了

2004 年 8 月 18 日

恰好是秋天

她留几只鸽子　飞着
抓几个寒蝉　鸣着
看几个行人　走着
让几张落叶　飘着

恰好是秋天

恰好我在俯瞰
恰好我正注视着秋天

一些结果要来
一些开始才刚刚开始

喧嚣要到正午
那些活动和不动的灵魂
和爬虫一样出来

从屋檐下从草窠里

从办公楼下面

从写字楼的窗户里

他们的脸上是渴望
是无法填充的梦想

2004 年 8 月 16 日

红　尘

绵延的山在远处
叫千佛山
无数的人来许愿

许下一千个愿

我坐着或者站着
都是仰望
那是对待神灵的态度

恰好让我显得如此卑微
尘土很多　纷纷扬扬
那恰好是红尘滚滚的模样

2004 年 8 月 16 日

厌 弃

因为已经开始厌弃
所以我要来
赶来爱你

爱你被遗弃的容颜
你失去水分的皮肤
你焦黄开叉的头发

正像无人眷恋春天
而我仍旧要
让春天复活

2004 年 8 月 15 日

秋天来了

像 100 只冰糕同时融化
我从梦里惊醒
外面已经是秋天

100 只寒蝉凄切
可怜这时我才注意它们

而赤裸裸的夏天已经穿好衣服
一副要告辞的模样

一副什么话也不说
电话也不留的模样

2004 年 8 月 13 日

悲　秋

含悲的诗人
将女人搂在怀里
他感谢同时怨恨

就像用牙齿
啃一块金属

他们同时获胜
同时获得秋天的落叶
几两秋水
几瓣开错的花朵

2004 年 8 月 12 日

草　帽

像飞旋的草帽
金黄的叶片

像紫色的黄昏
风吹动的大路

而我们更像旷野
此时想大声地叫
结果是沉默不言

2004 年 8 月 11 日

不 变

这么长时间
也就是 10 年
我们的手指没有变
不长也不短

这么长时间
也就是 10 年
我们的声音没有变
不粗也不细

我们互相辨认
隔一张桌子

你说了一句：秋天到了
我也想说

我没有说话
你最后也没有说

2004 年 8 月 11 日

遥　远

从遥远的地方来
到遥远的地方

夏天过去就是秋天

已经跋涉了多长的路

夏天　秋天
从炎热到清凉

好像一次死亡一次重生
好像一场热烈接着的平淡

你永远无法保持不变
或者你无法改变这变动的

因此那清秋的风那么那么地悠长
那么那么地接近一场仪式

你得坐下来沉默
以隆重的心情准备迎接

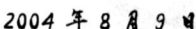
2004 年 8 月 9 日

已经是秋天

已经是秋天
春天还没有结束

那么多年轻的灵魂
在春天里醒来

大家一起歌唱
一起对这个世界说感激的话

好像熟悉很久
好像从来不曾分手

一些人离开
一些人来了

关于春天是记忆也是开始
而离开的还那么美好

2004 年 8 月 9 日

第五辑 诗歌里有世界

失语者（之一）

他脚步轻盈
蹦蹦跳跳
他东看西看
对世界充满好奇
他有成年人的强壮
是的　他单纯如孩子

他是一个失语者
听不到你在夸

2015 年 10 月 19 日

失语者（之二）

他上路
启动

突然消失了
那个不会说话的孩子
像一个无家可归的人

2015 年 10 月 19 日

黑 夜

光有黑暗也不行
月光之下
密集的树叶
密集的树木
做了同谋

2015 年 10 月 19 日

房　子

他们取出最后的积蓄

借走父母养老的钱

甚至要和同事张口

为了一处学区房

让腹中的孩子

生下来就成为重点

2015 年 10 月 19 日

看见一个人

他脚步不稳

酷热的骄阳下疾走

他头发灰白

是那种少年老成的白

他不看四周

风一样驰过

他撞倒了一架飞机

爬起来继续

2015 年 5 月 29 日

此 刻

有多少人会在谈话中
谈到我
谈到他们的不屑一顾
他们世俗之心的蔑视

有多少人会在旅途中
想到我
想到一个人跋涉的无知
他们一肚子的自以为是

有多少人会念着我
念着我
突然就会泪流

2015 年 5 月 30 日

夏　天

这低缓的夏天

刚刚驱走春风

这醉酒的北方汉子

用粗鲁和鄙俗的言语

羞辱沉静的大地

甚至用毒刺的绯闻

用足可挫伤尊严的诡计

2015 年 5 月 30 日

骄傲的人

把自己比作天上的日光

他在王国的刺眼的炙烤下

粉饰太平

2015 年 5 月 30 日

严 冬

这无边无涯的积雪
终于在这一时刻下落
它砸下来
砸向每一片空隙
填满了饥渴的城市空间

多么需要一场无畏的风暴
砸响街道
沉寂太久的街道
让漫天飞舞的尖叫
发出悦耳的颂歌

2015 年 5 月 30 日

现　实

翻腾的细浪
飞翔的乌鸦
都是令人羡慕的

你做不成流水
你也长不出翅膀
你有忧思的双眼
笔下飞淌的灵光
那神圣的一刻
总有该来的一天

所有的草木和星辰
都转过身
放缓了脚步
看一个人

2015 年 5 月 30 日

五 月

五月是用墨水祭祀的
是用来哭泣的

诗人用忧愁看人类
用哀歌引发世界的悲伤

众人奢靡唯有你们仍要
为空虚书写丰满的果实

只为有那么一刻
抚慰并挽留
成片失落的亡魂

2015 年 5 月 30 日

雨　夜

习惯于深夜独行
这个没有山峰的城市
让你的脚步趔趄
好几次碰上了下雨
没有遮拦和预兆
星星是光洁的
那天空和过去的一样

有树木长进了人家的窗户
再黑的夜
总能看见几点灯光
执著地亮到
黑夜完全退去

2015 年 5 月 30 日

湖　畔

黄昏的金柳是澄净的

湖水是青绿的

小路有杂草有清香

月亮是弯曲的

夜晚也是弯曲的

他们约在弯弯的路口

这是毕业时分

分离我懂

那枝叶缠绕

无限地插向水面

水面的倒影

正如一个人的怀抱

2015 年 5 月 30 日

树　木

此刻　树木们伸开了手
全世界的树木都伸开了手
整个地球就连在了一起
多好

你如果想见我
可以从树上走过来
或者我爬上树
去看你

2015 年 5 月 30 日

高　尚

一些人诚实地活着
一些人睡着
他们在彼此的船上

他们在彼此夜行的船上
日日能听见樵夫的歌唱
从松林高处
从山里

一些人上岸
一些人继续

那些歌就在高处
船行歌行
船走歌走

2015 年 5 月 30 日

寂　静

亲爱的　你听见了吗

白裙飘飘的圣洁

已被巨大的吞咽声遮挡

无限的神秘之后

黑夜随即来临

2015 年 5 月 30 日

小　娥

夜色中的孤儿

她们粉墨登场

用一生的准备

做一次无畏的出发

向着光亮的地方

我和你一样

冲着光就去

一直都这样

2015 年 6 月 1 日

往事（之一）

在毕业前夕
学校要求穿白衬衣

顶着大风
母亲把家中攒了几个月的鸡蛋
全卖了

2015 年 6 月 1 日

往事（之二）

母亲告诉我

穿戴好坏不要紧

在学校　关键是学习好

我学习很好

衣服很旧

那些补丁很新

2015 年 6 月 1 日

往事（之三）

突然间道路被人堵死
可以想象有人在一边窃笑
他们以正大光明的方式
又顺理成章地逼迫

朋友　你们未必遇到
遇到也不必惊慌

正义
他必将助你战胜邪恶

2015 年 6 月 1 日

心　情

好心情和坏心情是孪生的
他们形影不离

快乐和忧伤
兴奋和沮丧
如同一场球赛

突然的无语
巨大的悲哀

此刻和影子一样走在路上

2004 年 8 月 7 日

雨　后

房屋和蚯蚓一样

清新的泥土

清新的人　都出洞了

街道就是麦田

那车辆是另一种甲壳虫

相互问候　彼此会心一笑

一场激烈的暴雨

活过来的天空真好

2004 年 8 月 3 日

好　吧

好吧　我和你都不再年轻
这样残酷的现实

我们不能再疯狂起来
头发还是不染了吧
裙子还是长点再长点

至于衣服　颜色要保守

我们老态龙钟下来
我们步伐缓慢下来

我们要步出青年
我们是真正的成年人

2004年8月2日

愿　望

现在婚前的愿望还空着
花园　游泳池
丰盛的饭菜

西西哀伤地看窗外

她对自己的未来渺茫

结婚就辞去工作的女人
她看到了自己寡妇一样的一生

而我抬头就看到她

对面的窗口
她带羽毛的欲望

2004 年 8 月 2 日

穿　过

穿过一条长长的马路
再经过一道废弃的铁轨
淌过积水的坑

我们来贺

30 岁买上了洋楼
住得跟云彩一样高

我们来贺

我们站在 18 层往下看
我们是最高处的人
我们是伟大的哲学家

我们来贺

真的是站得高看得远
我们看到春天她就在不远处
用涛涛的风赶来贺

2016 年 6 月 10 日

独 身

二十年前在南方
多想参加一次诗会
那时没有

看到年轻诗人阿文
看到他的犹豫和谨慎
就看到了当年的自己

就看到了从尘土中来
又将淹没在人群之后

2016 年 6 月 10 日

境　界

老听人说

高境界的人会放弃仇恨
把手言欢
会说出宽恕
对厌恶的人或事

我达不到
从街上走过
从列车上探头
从高空飞过
我都会
想起一个人

2016 年 6 月 10 日

喜 欢

喜欢蝴蝶落在花丛
麻雀在枝头跳舞
喜欢喜鹊漫步绿地
人群中大摇大摆
喜欢春天已过
那角落里才露出的嫩芽

喜欢缓慢的车辆
校园里行驶如船
放慢的步伐里
透着欣赏

喜欢看恋人们的天真和呢喃
看青春的挥舞和莽撞

喜欢现在这个人
介于青年和老年之间
时而狂热　时而悲伤

2016 年 6 月 22 日

多　多

几年前在济南
和他聊过诗歌
他是大诗人
后来成了画家

他不会记得我
我记得他就好

2016 年 6 月 11 日

孤 独

这不需要说出的词
被很多人一再引用
我一首又一首地写
这唯一的武器
越磨越光

2016 年 6 月 11 日

缓　慢

走得太快已成习惯
和父母散步
我要不断回身
等待

我想和他们同步
发现可以做到

只须
扶着他们的胳膊

2016 年 6 月 11 日

玉　米

只有驾车远行

离开城市的道路两边

你看到那些

阳光下的玉米

手挽手

肩并肩

戴着绒帽子

嘻嘻哈哈

2016 年 6 月 11 日

毕业季

每年都会有男女表白
男的用灯光
做出玫瑰
整楼的女生都在尖叫
有时是女生
主动在楼下
整楼的男生都在怂恿

更多的时候
灯光之下
一组一组的人们
默默地抱在一起
好像
这样就不会别离

2016 年 6 月 11 日

大　鱼

养了几年的大鱼
死于我出差后的疏忽

它的嘴大张着
冲着冰箱
近在咫尺的地方
堆满食物

2016 年 6 月 11 日

羊　群

那些安静的羊群还在
大叔已经进了养老院

目前羊群趴在草地上
大叔趴在窗前
他们都在晒太阳

大叔觉得那群羊
就是自己放过的那群
那群羊
也盯着他看
都没有说话

2016 年 6 月 11 日

释　放

我仔细看遍了它

包括隐私之处

最后决定

到校园的湖水里

放生

2016 年 6 月 23 日

无　题

它藏在你身体里

人群中

节日里

热闹是别人的

你拥有它

2016 年 6 月 25 日

后 记

我仍将继续下一个十年的创作，

以此为马，奔她去文字的草原。

仍旧期望有幸在某个时刻

同你不期然而相遇。

让你我心为之一颤。

写下一部，会更好。

知道

2019. 秋于北京